U0165635

初級
經貿印尼語

BAHASA INDONESIA

魏愛妮 ◆ 著

五南圖書出版公司 印行

　　成為世界第四大人口的印尼擁有人口紅利。印尼與台灣的文化和經濟的交流愈來愈密集。印尼擁有豐富的天然資源，如：石油、天然氣、煤炭、礦物、木材、橡膠等吸引了國際企業包括台灣企業進駐印尼投資。

　　印尼是台灣第 14 大貿易夥伴，第 10 大進口來源及第 16 大出口市場，兩國的經濟發展日益增加。如今印尼政府邁向經濟轉型，開始聚焦發展電影、時尚、手工藝等創意產業，未來兩國的合作產業將擴展到更多產業與領域，帶給兩國更多經濟發展。

　　兩國的經濟貿易互相往來的交流之際，對商業界的洽談與諮商需要有關商業表達書籍。本書《初級經貿印尼語》提供給讀者具有生活化、實用化、功能化、經濟與貿易文化之商業用語的內容，以加強商業語文運用效能。全書共有 8 個單元，包括初學者的發音學習、自我介紹、展覽、行程、問路和購物等，提供給讀者在進行商業洽談與諮商使用。本書內容涵蓋對話、單字說明、語法解釋、重要句型、重要詞彙等項目，讓讀者能夠輕鬆學習印尼語，且能流利地用印尼語交談。

魏愛妮 謹誌

Daftar Isi 目次

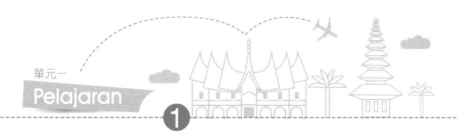

Pelajaran ①

Huruf 字母

字母表（◎ 1-1 mp3）

Huruf besar	Huruf Kecil	Pengu-capan BI	Huruf besar	Huruf kecil	Pengu-capan BI	Huruf besar	Huruf kecil	Pengu-capan BI
A	a	/a/	K	k	/ka/	U	u	/u/
B	b	/be/	L	l	/el/	V	v	/fe/
C	c	/ce/	M	m	/em/	W	w	/we/
D	d	/de/	N	n	/en/	X	x	/eks/
E	e	/e/	O	o	/o/	Y	y	/ye/
F	f	/ef/	P	p	/pe/	Z	z	/zet/
G	g	/ge/	Q	q	/ki/			
H	h	/ha/	R	r	/er/			
I	i	/i/	S	s	/es/			
J	j	/je/	T	t	/te/			

Konsonan＋Vokal　子音＋母音

mp3		a	e（ㄝ）	e（ㄜ）	i	o	u
1-2	b	ba	be	be	bi	bo	bu
1-2	c	ca	ce	ce	ci	co	cu
1-3	d	da	de	de	di	do	du
1-3	f	fa	fe	fe	fi	fo	fu
1-4	g	ga	ge	ge	gi	go	gu
1-4	h	ha	he	he	hi	ho	hu
1-5	j	ja	je	je	ji	jo	ju
1-5	k	ka	ke	ke	ki	ko	ku
1-6	l	la	le	le	li	lo	lu
1-6	m	ma	me	me	mi	mo	mu
1-7	n	na	ne	ne	ni	no	nu
1-7	p	pa	pe	pe	pi	po	pu
1-8	q	qa	qe	qe	qi	qo	qu
1-8	r	ra	re	re	ri	ro	ru
1-9	s	sa	se	se	si	so	su
1-9	t	ta	te	te	ti	to	tu
1-10	v	va	ve	ve	vi	vo	vu
1-10	w	wa	we	we	wi	wo	wu
1-11	x	xa	xe	xe	xi	xo	xu
1-11	y	ya	ye	ye	yi	yo	yu
1-11	Z	za	ze	ze	zi	zo	zu

Vokal 母　音

	awal（起音）	tengah（中音）	akhir（尾音）
A/a	ada	saya	buka
E/e	eli	desa	sore
	emas	beli	ide
I/i	ibu	lima	hati
O/o	oma	roma	toko
U/u	utara	cuci	tahu

Gabungan Vokal 雙母音：ai, au,oi

1. 雙母音：ai

awal（起音）	tengah（中音）	akhir（尾音）
air （水）	main （玩）	saudara （親戚）
aib （恥辱）	kain （布）	malaikat （天使）
	lain （不一樣）	ramai （熱鬧）
	baik （好）	damai （和平）

2. 雙母音：au

awal（起音）	tengah（中音）	akhir（尾音）
audit （評鑑）	daun （樹葉）	kerbau （牛）
aus （消磨……）	laut （海）	kalau （如果）

awal（起音）	tengah（中音）	akhir（尾音）
	haus（渴）	pulau（島）
	jauh（遠）	kemarau（乾季）

3. 雙母音：oi

awal（起音）	tengah（中音）	akhir（尾音）
	join（參與）	toilet（廁所）
	koin（硬幣）	koboi（牛仔）

Konsonan 子音為起音、中音與尾音的發音

konsonan	awal（起音）	tengah（中音）	akhir（尾音）
b	baru（新）	bisa（會）	nasib（命運）
c	cuci（洗）	baca （讀、唸＝看）	-
d	dari（從）	ada（有）	abad（世紀）
f	fokus（專注）	manfaat（好處）	maaf（對不起）
g	gigi（牙齒）	lagu（歌）	katalog（目錄）
h	hari（日）	cahaya（光）	rumah（房子、家）
j	jika（如果）	meja（桌子）	-
k	kita（我們）	koki（廚師）	baik（好）
l	lama（久）	kelapa（椰子）	mahal（昂貴）
m	maka（所以）	lima（五）	malam（晚上）

konsonan	awal（起音）	tengah（中音）	akhir（尾音）
n	nama（名字）	sana（那邊）	makan（吃）
q	-	alquran（可蘭經）	-
r	rumah（房子）	berapa（多少）	belajar（學習）
s	suka（喜歡）	sekolah（學校）	tulis（寫）
t	tahun（年）	mata（眼睛）	macet（塞車）
v	visa（簽證）	kanvas（帆布）	-
w	wanita（女生）	kawan（朋友）	-
x	-	-	-
y	yakin（肯定）	kaya（富裕）	-
z	zaman（時代）	lezat（好吃）	-

Gabungan Konsonan 雙子音：kh, ny, sy, ng

雙子音	awal（起音）	tengah（中音）	akhir（尾音）
kh	khianat（背叛）	akhir（終）	-
	khotbah（講道）		-
	khusus（特別）		-
ny	nyanyi（唱歌）	ternyata（原來如此）	-
	nyimak（專注）	banyak（多）	-
		punya（擁有、有）	-

雙子音	awal（起音）	tengah（中音）	akhir（尾音）
sy	syarat（條件）	masyarakat（社會）	-
	syair（詩）	asyik （開心的表達詞）	-
	syukur（感恩）	masyhur（有名）	-
ng	ngilu（痠痛）	jangan （不要、不可以）	barang（東西）
		wangi（香）	orang（人）
			asing （外、外來）

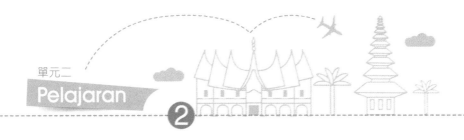

Memperkenalkan Diri　自我介紹

 自我介紹用語（◎ 2-1 mp3）

1. Selamat pagi.

Nama saya adalah Gunawan. Gunawan Ringkas.

Saya berasal dari Jakarta.

Terima kasih.

2. Selamat malam.

Saya adalah Julia. Julia Dasama.

Saya dari Jakarta.

Makasih.

Kosakata 單字

◇ selamat：平安、安全（祝賀詞、祝福詞）

◇ pagi：早上，如：selamat pagi 早安

◇ siang：中午，如：selamat siang 中午安

◇ sore：下午，如：selamat sore 下午安

◇ malam：晚上，如：selamat malam 晚安

◇ nama：姓名

◇ saya：我

◇ adalah：是

◇ berasal dari：來自

◇ terima kasih：謝謝

〈 補給站 〈

Salam Pembuka 問候

1. Selamat pagi（5:00 -11:00）

2. Selamat siang（11:00-14:00）

3. Selamat sore（14:00-18:00）

4. Selamat malam（18:00-24:00）

 Percakapan 對話

1. (2-2 mp3)

👤 : Siapa nama Anda?

👤 : Halim. Budi Halim.

👤 : Bisakah Anda mengejanya?

👤 : H - A - L - I - M.

👤 : Terima kasih.

Kosakata 單字
siapa：誰
bisa：可以、能、會
bisakah：可以嗎？（疑問詞）
mengeja：拼

2. (2-3 mp3)

👤 : <u>Selamat pagi</u>.

👤 : <u>Selamat pagi</u>.

👤 : Kamu bekerja di mana?

👤 : Saya bekerja di <u>Bank</u> sebagai <u>teller</u>.

Kamu bekerja di mana?

👤 : Saya bekerja di <u>PT. Angkasa Permai</u> sebagai <u>staf akunting</u>.

Selamat pagi.

Nama saya adalah _____

Saya berasal dari _____

Saya bekerja di _____ sebagai _____

Terima kasih

〈語言解釋〉

Pekerjaan dan Jabatan 工作與職業

bank	銀行	teller	出納員
kantor	辦公室	staf	職員
kantor polisi	警察局	polisi	警察
kantor pos	郵局	tukang pos	郵差
perusahaan	公司	komisaris、direktur	董事、總經理
perseroan terbatas (PT)	股份有限公司	kepala bagian、staf	主任、職員
rumah sakit	醫院	perawat、dokter	護士、醫生
restoran	餐廳	koki、pelayan	廚師、服務生

universitas、 sekolah	大學、學校	dosen、guru	大學老師、老師
pertanian	農業	petani	農夫
peternakan	畜牧業	peternak	飼養員

 Percakapan 對話：Reservasi 訂房（ 2-4 mp3）

：Selamat malam!

晚安！

：Selamat malam!

晚安！

Saya sudah pesan kamar untuk satu malam.

我已經訂房了。

Nama saya Li. Yi –Lin Li.

我的名字是李。易琳，李。

：Bisakah Anda mengejanya?

怎麼拼？

：Y - i L - i – n L - i.

易琳，李。

👤：Terima kasih Ms. Li. Tolong isi formulir ini!

謝謝李小姐。請填寫這份表格！

👤：Baik. Ini, sudah.

好。這（給東西），好了。

👤：Terima kasih. Ini kartu kunci Anda.

謝謝。這是您的房卡。

Kamar Anda terletak di lantai 5.

您的房間在五樓。

👤：Baik.

好。

👤：Lift terletak di sebelah sana.

電梯在那邊。

👤：Terima kasih banyak.

多謝。

👤：Selamat beristirahat.

請好好休息。

👤：Selamat malam.

晚安。

Kosakata 單字 （2-5 mp3）

	印尼語	中文	說明
1	sudah	已經	(1) Saya sudah makan. 我已經吃了。 (2) Saya sudah lihat laporan itu. 我已經看了那份報告。
2	pesan	訂	(1) Saya mau pesan tiket pesawat ke Bali. 我要訂去峇里島的機票。 (2) Kami pesan 2 porsi mi goreng. 我們要訂兩份炒麵。
		訊息	(3) Pesan ini sangat penting. 這則訊息很重要。 (4) Jangan lupa sampaikan pesan bos kepada dia. 別忘記轉達老闆的話給他。
3	kamar	房間	kamar tidur（臥房），kamar tamu（客房），kamar mandi（浴室），kamar kecil（化妝室） Saya sudah pesan 2 kamar standar lewat internet. 我已經透過網路訂了兩間房間。

	印尼語	中文	說明
4	untuk	給	(1) Ini untuk kamu. 　　這是給你的。 (2) Ini untuk apa? 　　這是做什麼用的？
5	satu	一	(1)Saya ada satu permintaan. 　　我有一個請求。 (2) Tolong diperiksa satu-satu. 　　請一個一個檢查。
6	tolong	請 （麻煩）	Tolong bantu saya bawa dokumen ini. 請幫我帶這份文件。
7	isi	填寫 裝	(1) Silakan isi data ini. 　　請填寫這份資料。 (2) Tolong isi sampai penuh. 　　請裝到滿（請加滿）。
8	formulir	表格	Formulir pendaftaran （報名表）
9	ini	這個	Apakah ini adalah koper Anda? 這是不是您的行李箱？
10	kartu	卡	kartu kunci （鑰匙卡），kartu kredit （信用卡），kartu ATM （提款卡）， kartu member （會員卡）

	印尼語	中文	說明
11	kunci	鑰匙	kunci rumah（家的鑰匙）, kunci motor（機車鑰匙）, kunci mobil（汽車鑰匙）
		鎖	Ingat kunci pintu sebelum kamu pulang! 回家之前記得鎖門。
12	lantai	地板	(1) Lantai sangat kotor, tolong dipel. 地板很髒，麻煩拖一下。
		樓層	(2) Kantor kami terletak di lantai 10, bersebelahan dengan kantor hukum Tarumakusuma. 我們的辦公室在十樓， 在Tarumakusuma律師事務所旁邊。
13	letak terletak	座落	Mes kami terletak di belakang mal. 我們的宿舍在百貨公司的後方。
14	di	在	Di mana letak kamar saya? 我的房間在哪裡？
15	sebelah	旁邊	Kantor kami terletak di sebelah hotel Kintari. 我們的辦公室在Kintari飯店旁。

	印尼語	中文	說明
16	sana	那邊、那裡	Di sana adalah restoran untuk sarapan pagi. 那裡是吃早餐的餐廳。
17	istirahat	休息	Saya mau istirahat sebentar. 我要休息一下。
18	banyak	很多	Banyak turis mancanegara yang tinggal di hotel ini. 很多國際觀光客住在這間飯店。

⟨Tata Bahasa 語法⟩

1. di ＋地點。印尼語中表達事情發生的地點，必須在地點前加上介系詞，如 di（在）、ke（去）和 dari（從）。

(1)Saya tinggal di Kaohsiung.

我住在高雄。

(2)Saya bekerja di Perusahaan Dagang.

我在貿易公司上班。

(3)Kami sering makan di restoran ini.

我們常在這家餐廳吃飯。

(4)Tolong taruh di sebelah sini.

請放在這邊。

2. di ＋動詞。印尼語語序為 SVO，被動式句型為 OVS，
   但是被動式句型的動詞前面必須加「di」，於是被動式
   句型為「O ＋（di ＋ V）＋ oleh ＋ S」。

   (1) Tolong dibungkus!

   　　請打包！

   (2) Laporan ini dibuat oleh sekretaris saya.

   　　這份報告是我秘書做（寫）的。

   (3) Apakah kontrak ini sudah diperiksa ulang?

   　　這份合約已經重複檢查過了嗎？

 Percakapan 對話：Telepon 打電話 （ 2-6 mp3）

👤： Selamat siang, <u>PT. Jaya Makmur</u>. Ada yang bisa saya bantu?

　　PT. Jaya Makmur 午安。有什麼我可以幫忙的？

👤： Saya ingin berbicara dengan <u>Pak. Budi Sanjaya</u>.

　　我想要和Budi Sanjaya先生講話。

👤： Dari mana? (Dengan siapa?)

　　哪裡找？

：Jenny Wang. (Saya Jenny Wang dari PT. Angkasa Jaya)

Jenny Wang。（我是PT. Angkasa Jaya的Jenny Wang。）

：Silakan tunggu sebentar, akan saya sambungkan.

請等一下，我幫您轉接。

：Terima kasih.

謝謝。

：Halo!

你好！

：Halo (Hi…)Budi, saya Jenny.

你好。Budi，我是Jenny。

：Hi…Jenny, apa kabar?

嗨…Jenny，你好嗎？

：Baik. Terima kasih.

很好。謝謝。

Kosakata 單字（ 2-7 mp3）

	印尼語	中文	說明
1	PT	股份有限公司	PT. Indofood Sukses Makmur. Indofood Sukses Makmur股份有限公司。
2	bantu	幫忙、協助	Tolong bantu bawa kotak ini. 麻煩幫忙拿這個箱子。
3	bicara	說話	A：Anda mau berbicara dengan siapa? 　　您要和誰講話。（您要找誰？） B：Saya mau berbicara dengan Pak. Indra. 　　我要和Indra先生講話。（我要找Indra先生）
4	dari	從	(1) Kalian dari mana? 　　你們去哪裡了？ (2) Dari sini ke sana butuh 2 jam perjalanan dengan mobil. 　　開車從這裡到那裡，需要兩小時的時間。

	印尼語	中文	說明
5	mana	哪裡	di mana：Di mana ada toilet? 在哪裡：哪裡有廁所？ ke mana：Kamu mau ke mana? 去哪裡：你要去哪裡？
6	yang mana	哪一個	A：Yang mana yang lebih keren? 　　哪一個比較帥氣？ B：Yang itu. 　　那個。
7	dengan	跟	Saya mau ke bank dengan Bu. Sinta. 我要和Sinta小姐去銀行。
8	siapa	誰	Siapa yang tidak bisa hadir pada meeting besok? 有誰不能出席明天的會議？
9	silakan	請	silakan duduk（請坐），silakan mulai（請開始）
10	tunggu	等	Minta mereka untuk tunggu 10 menit. 請他們等10分鐘。
11	sebentar	一下	Tunggu!（等：等一下！）， Sebentar!（一下下：等一下！）， tunggu sebentar!（等一下！） Tolong tunggu sebentar! 請等一下！

	印尼語	中文	說明
12	akan	即將	(1) Mereka akan meluncurkan produk baru bulan depan. 下個月他們將推出新的產品。
		會	(2) Saya pasti akan datang. 我一定會來。
13	sambung	連接	Salah sambung（打錯電話） Sambungkan saya dengan Pak. Irawan! 幫我轉接給Irawan先生！
14	kabar	消息	kabar baik（好消息），kabar buruk（壞消息）

≪Tata Bahasa 語法≪

1. dengan

作為介詞，一般作為不及物動詞和形容詞的介詞，也有英文 with、by 的意思。

(1) Jangan berbicara dengan keras-keras.

別大聲說話。

(2) Saya mau berbicara dengan dia.

我要和她說話。

(3)Saya mau pergi berwisata dengan keluarga saya.

我要和我的家人去旅行。

(4)Saya ke sini dengan jalan kaki.

我走路來這裡的。

(5)Saya mau pergi ke tempat pelanggan dengan rekan kantor.

我要和同事去客戶那裡。

2. untuk

作為介詞。用在被動詞、被動式的「給」、……對……而言。

(1)Bunga ini bisa digunakan untuk membuat sabun.

這種花可以用來製作肥皂。

(2)Ini adalah oleh-oleh untuk kamu.

這是給你的伴手禮。

(3)Hal ini sangat penting untuk saya.

這件事對我來說很重要。

(4)Sepatu ini terlalu besar untuk saya.

這雙鞋子對我來說太大。

3. akan

表達未來的「會」。印尼語沒有時態,所以與中文一樣用一個單字來表達過去、現在與未來。

(1) Kami akan ke Jakarta besok.

明天我們會去雅加達。

(2) A：Halo , maaf, kami akan terlambat.

你好，不好意思，我們會遲到。

B：Baik. Tidak apa-apa.

好，沒關係。

(3) Apakah kamu akan datang?

你會來嗎？

4. yang

作為介詞。中文意思為「的」，另也有英文 which、who、that 的用法。

(1) Tas yang bagus.

很好看的包包。

(2) Orang yang duduk di sebelah saya adalah rekan kerja saya.

坐在我旁邊的人是我的同事。

(3) Produk baru yang akan diluncurkan dalam beberapa hari lagi.

新的產品將在幾天內發表。

印尼語是拼音語系，所以有一些專用語會用縮寫呈現，如公司、國營企業名稱等。

	BI (Bank Indonesia)
BI　BCA　BNI	BCA (Bank Central Asia)
	BNI (Bank Nasional Indonesia)
PT　GI　　PMA	PT (Perseroan Terbatas)
	GI (Garuda Indonesia)
BUMN　PLN　RM　RS	PMA (Penanaman Modal Asing)
	BUMN (Badan Usaha Milik Negara)
	PLN (Perusahaan Listrik Negara)

印尼職場文化：主管稱呼

印尼和台灣職場上的稱呼不一樣。印尼職場不稱主管的職位，而是用男性與女性的尊稱詞，男性主管為 Bapak (Pak.)，而女性主管為 Ibu (Bu.)，兩者的後方加主管的名字，如：

Bapak Iwan (Pak. Iwan) 為 Iwan 先生。

Ibu Julia (Bu Julia) 為 Julia 小姐。

印尼語：Bapak 和 Ibu 是尊稱。本意爲「父親」和「母親」，延伸作爲「先生」和「女士」的意思。除了用來稱呼主管，也用來稱呼男老師與女老師，後方也可加教師名字。

Pameran　展覽

Percakapan 對話 （◎ 3-1 mp3）

（電話通話中）

👤：Halo…Dina.

喂，Dina。

👤：Halo… Joko. Maaf, saya terlambat.

你好，Joko。不好意思，我遲到了。

👤：Tidak apa-apa, saya juga baru sampai.

沒關係，我也剛到。

Kamu di mana?

你在哪裡？

👤：Saya di resepsionis, kamu di mana?

我在櫃檯，你在哪裡？

Biar saya yang ke sana.

我去找你。

👤：Saya di kafe.

我在咖啡廳。

👤：Di mana kafenya?

咖啡廳在哪裡？

👤：Di depan tangga.

在階梯前。

👤：Ok. saya ke sana.

好，我去找你。

Kosakata 單字（3-2mp3）

	印尼語	中文	說明
1	lambat	慢	(1) Karena macet, maka mobil berjalan dengan sangat lambat. 因為塞車，所以車子走得很慢。
	terlambat	遲到	(2) Harap tepat waktu, jangan terlambat! 要準時，別遲到！ (3) Maaf, saya terlambat. 不好意思，我遲到了。
2	juga	也	(1) Mereka akan ikut meeting juga. 他們也會參加會議。 (2) Bulan depan produksi akan berjalan sesuai dengan perencanaan juga. 下個月生產將能按原訂計畫進行。

	印尼語	中文	說明
3	baru	新	produk baru（新產品），rencana baru（新計畫），kelas baru（新班級），perusahaan baru（新公司） (1) Saya adalah orang baru. 　　我是新進員工。
		才	(2) A：Maaf, saya terlambat. 　　　不好意思，我遲到了。 　　B：Tidak apa-apa, saya juga baru tiba. 　　　沒關係，我也剛到。
4	sampai	到	(1) A：Kalian sudah sampai mana? 　　　你們已經到哪裡了？ 　　B：Kami baru keluar tol. 　　　我們剛剛下高速公路。 (2) Barang akan sampai minggu depan. 　　下個月東西就會到貨了。
5	sebelah	旁邊	(1) Saya sedang berada di ruang tunggu yang terletak di sebelah ruang meeting. 　　我在會議室旁的休息室。 (2) Taruh mesin fax di sebelah lemari itu! 　　把傳真機放在櫥櫃旁。

	印尼語	中文	說明
6	toko	商店	Toko Kopi（咖啡店），Tk.Buku（書局），Tk. Mainan（玩具店），Tk. Obat（藥局），Tk. Perhiasan（飾品店）
7	bunga	花	bunga mawar（玫瑰花），bunga melati（茉莉花），bunga anggrek（蘭花），bunga matahari（向日葵）
		利息	(1) Berapa suku bunga untuk tabungan deposito per-triwulan. 三個月的定存利息多少？ (2) Berapa bunga untuk pinjaman dalam US dolar? 美金借款的利息是多少？
8	biar	讓	(1) Biar saya yang antar mereka, karena saya sekalian mau ke bank. 讓我來送他們，因為我順便要去銀行。 (2) Biar lambat asal selamat. 安全第一。

Percakapan 對話：展覽常用對話

1. （◎ 3-3 mp3）

👤：Permisi, di mana letak ruang pameran no.25.
不好意思，25號展覽室在哪裡？

👤：Ruang pameran tersebut
terletak di sebelah kiri.
該展覽室在左邊。

👤：Apakah itu dekat dengan stan
makanan?
是不是在食品展位附近？

👤：Ya, betul sekali.
是的，正確。

👤：Terima kasih.
謝謝。

Kosakata 單字
- permisi：不好意思
- ruang：空間
- pameran：展覽
- tersebut：那個
- dekat：附近
- makanan：食物
- kiri：左
- cari：找
- seberang：對面
- lorong：走道
- banyak：多

2. ((◎) 3-4 mp3)

👤：Permisi, saya cari ruang pameran alat elektronik.

不好意思，我要找3C展覽室。

👤：Oh, itu terletak di lorong B seberang kafe.

哦，那個展區在B廳，在咖啡廳對面。

👤：Terima kasih banyak.

多謝。

〈Angka數字〉

1-100

0	nol, kosong		11-19 : belas
1	satu	11	sebelas
2	dua	12	dua belas
3	tiga	13	tiga belas
4	empat	14	empat belas
5	lima	15	lima belas
6	enam	16	enam belas
7	tujuh	17	tujuh belas
8	delapan	18	delapan belas
9	sembilan	19	sembilan belas
10	sepuluh	20	dua puluh

21	Dua puluh satu
29	Dua puluh sembilan
30	Tiga puluh
34	Tiga puluh empat
48	Empat puluh delapan
51	Lima puluh satu
63	Enam puluh tiga
75	Tujuh puluh lima
86	Delapan puluh enam
99	Sembilan puluh sembilan

Latihan 練習

1. Kalimat yang sering dipakai 常用句子（3-5 mp3）

(1) A：Berapa nomor hp kamu?

你的手機號碼多少？

B：Nomor hp saya adalah _____

我的手機號碼是 _____

(2) A：Berapa nomor telepon kantor kamu?

你的辦公室電話號碼多少？

B：Nomor telepon kantor saya adalah _____

我的辦公室的電話號碼是_____

(3) A：Berapa nomor ruang pameran/ stan kamu?

你的展覽室／攤位幾號？

B：Nomor ruang pameran / stan saya adalah ＿＿＿＿＿＿

我的展覽室／攤位是＿＿＿＿＿＿

(4) A：Kantor kamu terletak di lantai berapa?

你的辦公室在幾樓？

B：Kantor saya terletak di lantai ＿＿＿＿＿＿

我的辦公室在＿＿＿＿＿＿樓

《 Letak 位置 《

Kiri	左、di sebelah kiri	setelah	之後
kanan	右、di sebelah kanan	sebelum	之前
atas	上、di atas	sebelah	旁邊、di sebelah
bawah	下、di bawah	di antara...dan...	在……和……之間
depan	前、di depan	dekat	附近、di dekat
belakang	後、di belakang	tengah	中間、di tengah
seberang	對面、di seberang	jauh	遠

2. Percakapan 對話

A		C	D	E	↑↓ 🚹	G	H		🚹 🚺

A1	C1	D14	F1	H1		Cafe
A2	C2	D13	F2	H2	H12	K
A3	C3		F3	H3	H11	K1
↗↙ 🪜	C4	D12	F4 / F11			K2
A4	C5	D11	Cafe	H4	H10	K3
A5		D10	F6 / F	H5	H9	K4
A6	C6	D9	F7 / F10	H6		
A7			Resepsionis	H7	H8	K5

(1) (◎ 3-6 mp3)

👤：Di mana letak stan kamu?

(Di mana stan kamu?)

你的攤位在哪裡？

👤：Di lorong A, seberang tangga.

(Di seberang tangga.)

在A廳，在階梯對面。

👤：Oh. Stan _____?

哦。是_____攤位嗎？

👤：Ya, betul.

是的，對。

(2) （💿 3-7 mp3）

👤：Di mana letak stan kamu?

你的攤位在哪裡？

👤：Di lorong E, sebelah kanan, setelah kafe.

在E廳，右邊，咖啡廳之後。

👤：Oh. Stan _____?

哦。是_____攤位？

👤：Bukan, stan _____.

不是，是_____。

3. Latihan 練習

toko bunga	花店	kamar kecil	廁所
toko buku	書店	tangga	樓梯
resepsionis	櫃檯	lift	電梯
kamar kecil	化妝室	eskalator	手扶梯

👤：Di mana letak restoran Boga?

👤：Restoran terletak di _____.

👤：Di mana letak _____?

👤：_____ terletak di _____.

 Nama-nama bulan 月份

一月	二月	三月	四月
bulan Januari	bulan Februari	bulan Maret	bulan April
五月	六月	七月	八月
bulan Mei	bulan Juni	bulan Juli	bulan Agustus
九月	十月	十一月	十二月
bulan September	bulan Oktober	bulan November	bulan Desember

Kalimat yang sering dipakai 常用句子：Tanggal 日期

1. Hari ini adalah tanggal berapa?

   今天是幾號？

2. Besok adalah tanggal berapa?

   明天是幾號？

3. Kami harus tunggu berapa lama lagi?

我們需要再等多久？

4. Kapan?

什麼時候？

5. Kapan beliau akan tiba di kantor?

他什麼時候會到公司？

6. Kapan Anda ulang tahun?

您什麼時候生日？

7. Bulan ini adalah bulan apa?

這個月是幾月份？

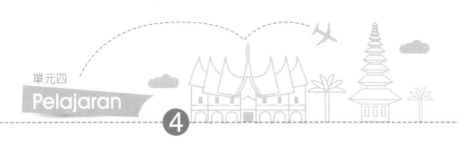

Jadwal Kegiatan　行程

Percakapan 對話 （◎）4-1 mp3

👤：Selamat pagi, Pak！

經理，早安！

👤：Selamat pagi, Siska!

Siska，早安！

Bagaimana dengan jadwal hari ini?

今天的行程如何？

👤：Pagi ini jam 8:30 ada rapat produksi, setelah itu Anda ada janji makan siang dengan Pak. Iwan dari PT. Abadi Jaya di restoran Padang "Minang" pada jam 12:00, kemudian jam 14:00 Anda harus menghadiri acara peresmian kantor cabang distributor kita di Bekasi.

今天早上八點半有廠務會議，之後中午十二點您與Abadi Jaya 公司的Iwan先生有約，在Minang 巴東餐廳吃午餐，接著下午兩點您有行程去Bekasi參與我們供應商分公司的開幕活動。

: Saya harus membuat laporan untuk bos pagi ini, tolong undur rapat departemen sampai jam 09:00.

今天早上我必須打一份報告給老闆，麻煩你把單位會議延後到九點。

: Baik. Akan saya beritahukan kepada mereka sekarang.

好。我現在就轉告他們。

: Terima kasih.

謝謝。

Kosakata 單字 （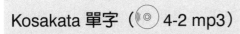 4-2 mp3）

	印尼語	中文	說明
1	hari ini	今天	Hari ini adalah hari Senin. 今天是星期一。
2	bagaimana	如何	(1) Keadaan kamu hari ini, bagaimana? 你今天的情況如何？ (2) Bagaimana dengan rencana hari ini? 今天的計畫如何？
3	jadwal	行程	(1) Hari ini kamu ada jadwal ke mana? 你今天的行程是去哪裡？
		……表	(2) Ini adalah jadwal produksi bulan depan. 這是下個月的生產表。
4	rapat	會議	(1) Sore ini ada rapat departemen. 今天下午有單位會議。
		開會	(2) Apakah mereka sudah selesai rapat? 他們是否已經開完會了？

	印尼語	中文	說明
5	setelah	之後	(1) Setelah ini, kami akan langsung pulang ke kantor. 這之後，我們會直接回公司。 (2) Setelah makan siang, kami akan pergi jemput dia. 午餐之後，我們會去接他。
6	janji	約	A：Apakah kamu sudah buat janji dengan mereka? 你是否已經跟他們約了？ B：Sudah. 約了。
7	pada	在 （時間）	(1) Mereka akan tiba pada jam 9 pagi. 他們會在早上九點到。 (2) Sampai jumpa pada pertemuan berikutnya. 下次會議見。
8	kemudian	然後	Setelah sarapan, mereka akan ke kantor dulu, kemudian baru ke bandara. 吃完早餐後，他們會先到公司，然後才去機場。

	印尼語	中文	說明
9	menghadiri	出席	(1) Apakah Anda akan menghadiri pertemuan berikutnya? 您是否會參加下一個見面會？ (2) Apakah semua orang harus menghadiri rapat tersebut? 是否所有人都必須出席該會議？
10	harus	必須	(1) Rapat ini sangat penting, Anda harus menghadirinya! 這個會議很重要，您必須參與！ (2) Formulir ini harus diisi! 必須填寫這個表格！
11	acara	節目／活動	acara makan-makan（聚餐節目）， acara keluarga（家庭節目）， acara peresmian（開幕活動）
12	resmi	官方	bahasa resmi（官方語言）， dealer resmi（官方經銷商）， bengkel resmi（官方維修廠）
	peresmian	正式 落成、 開幕	pakaian resmi（正式服裝） Kapan mereka akan melakukan peresmian pabrik baru? 他們新的工廠，什麼時候落成？

	印尼語	中文	說明
13	kantor cabang	分行／分公司	(1) Mereka akan meresmikan kantor cabang kedua bulan depan. 他們將在下個月開幕第二個分公司。 (2) Di mana letak kantor cabang mereka yang baru? 他們新的分公司在哪裡？
14	distributor	供應商	distributor mainan anak-anak（小孩玩具供應商），distributor barang impor（進口貨供應商）
15	tolong	請、麻煩	Tolong buatkan segelas kopi untuk saya. 麻煩泡一杯咖啡給我。
16	membuat	做	(1) Tolong bantu saya buat laporan ini. 麻煩幫我做這份報告。 (2) Bagaimana cara membuat barang ini? 這個東西怎麼做？

	印尼語	中文	說明
17	undur	延後	Karena hujan, maka acara peresmian akan diundur setengah jam. 因為下雨，所以落成儀式將延後半小時。
18	beritahu	告知	Apakah kamu sudah beritahu mereka tentang masalah ini? 你是否已經告訴他們這件事情？

《 Tata Bahasa 語法 《

1. bagaimana 如何、怎麼辦、怎麼樣

1.1 bagaimana dengan（問情況）

(1) Bagaimana dengan dia?

他的情況如何？

(2) Bagaimana dengan masalah ini?

這件事的情況如何？

1.2 bagaimana kalau（問意見）

(1) Bagaimana kalau malam ini makan masakan Korea?

如果今天晚上吃韓國料理怎麼樣？

(2) Bagaimana kalau mereka tidak suka?

如果他們不喜歡怎麼辦？

1.3 bagaimana cara（問方式）

(1) Bagaimana cara mendapatkan proyek ini?

如何得到這個工程？

(2) Bagaimana cara membuat masakan ini?

如何做這道料理？

2. kemudian 然後

(1) Selesaikan laporan ini, kemudian kasih ke bagian produksi!

完成這份報告，然後交給生產部門！

(2) Kalian berangkat dulu, saya akan menyusul kemudian.

你們先出發，我會趕上。

3. tolong（請、麻煩）vs silakan（請）

3.1 tolong

(1) Tolong buatkan saya segelas kopi.

麻煩泡一杯咖啡給我。

(2) Tolong ambilkan data itu.

麻煩拿那份報告給我。

3.2 silakan

(1) Silakan makan!

請享用！

(2) Silakan masuk, anggap rumah sendiri.

請進，請當作自己家。

4. karena...., maka.... （因為……，所以……）

(1) Karena laporan belum selesai, maka dimarahi oleh bos.

因為報告還沒完成，所以被老闆罵。

(2) Karena bulan depan ada audit, maka semua orang lembur.

因為下個月有評鑑，所以所有人都在加班。

 Rapat 開會

Di perusahaan 在公司 Di departemen 在單位	Kami	ada rapat_____.

mingguan	週會	seksi	單位
bulanan	月會	staf	幹部
proyek	工程	tim	團隊

Hari ini 今天 Besok 明天 Kemarin 昨天 Lusa 後天	saya	ada rapat dengan _____.

---

pelanggan 顧客
atasan 上司
公司名稱
(Honda, Indofood, Alfamart)
單位主管名稱
(kepala bagian, manager, direktur, bos)

Nama-nama hari 星期

hari Senin	hari Selasa	hari Rabu	hari Kamis	hari Jumat	hari Sabtu	hari Minggu
星期一	星期二	星期三	星期四	星期五	星期六	星期天

Kalimat yang sering dipakai 常用句子：

Nama Hari 星期

1. Hari ini adalah hari apa?

   今天是星期幾？

2. Besok adalah hari apa?

   明天是星期幾？

3. Kamu berangkat pada hari apa?

   你星期幾出發？

4. Siapa yang tidak bisa hadir pada hari Rabu depan?

   下星期三誰不能來？

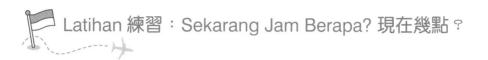

Latihan 練習：Sekarang Jam Berapa? 現在幾點？

1.

 ：Sekarang jam berapa?

現在幾點？

：Sekarang jam 17:30.

現在是下午5點30分。

2.

：Sekarang jam berapa?

：Sekarang jam_____.

08:00	Jam delapan pagi.
09:25	Jam sembilan lewat dua puluh lima menit pagi.
10:15	Jam sepuluh lewat lima belas menit pagi.
	Jam sepuluh lewat seperempat pagi.
12:30	Jam dua belas lewat tiga puluh menit siang.
	Jam setengah satu siang.
14:40	Jam dua lewat empat puluh menit sore.
	Jam tiga kurang dua puluh menit sore.
19:45	Jam tujuh lewat empat puluh lima menit malam.
	Jam delapan kurang lima belas menit malam.
	Jam delapan kurang seperempat malam.

 Kalimat yang sering dipakai 常用句子：

Jam berapa? 幾點？

1. Kamu sarapan pada jam berapa?

   你幾點吃早餐？

2. Kamu tidur pada jam berapa?

   你幾點睡覺？

3. Kamu rapat pada jam berapa?

你幾點開會？

4. Kamu janji dengan mereka jam berapa?

你和他們約幾點？

5. Pesawat kamu jam berapa?

你的飛機幾點（飛）？

 Latihan 練習：Percakapan 對話 （◎ 4-3 mp3）

👤：Apakah besok ada rapat?

明天是否有會議？

👤：Ya, ada. Besok ada meeting departemen pada pagi hari jam 8:30.

是的，有。明天早上八點半有單位會議。

👤：Apakah Rabu ada meeting?

星期三有會議嗎？

👤：Tidak ada.

沒有。

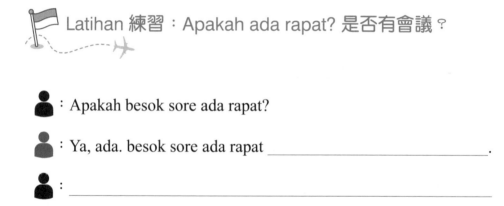

	Senin	Selasa	Rabu	Kamis	Jumat	Sabtu
a.m.	-		Rapat produksi 9:00		Rapat mingguan 11:20	-
p.m.	-	Rapat departemen 15:30		Rapat perencanaan 4:00		-

Latihan 練習：Apakah ada rapat? 是否有會議？

🧑 ：Apakah besok sore ada rapat?

🧑 ：Ya, ada. besok sore ada rapat ＿＿＿＿＿＿＿＿＿＿＿＿＿＿.

🧑 ：＿＿＿＿＿＿＿＿＿＿＿＿＿＿＿＿＿＿＿＿

🧑 ：＿＿＿＿＿＿＿＿＿＿＿＿＿＿＿＿＿＿＿＿

🧑 ：＿＿＿＿＿＿＿＿＿＿＿＿＿＿＿＿＿＿＿＿

🧑 ：＿＿＿＿＿＿＿＿＿＿＿＿＿＿＿＿＿＿＿＿

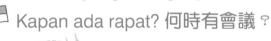

Kata yang berhubungan dengan waktu

時間相關用詞

minggu	星期 / 週	tahun	年	awal minggu	週初
minggu ini	這週	tahun ini	今年	awal bulan	月初
minggu depan	下個星期	tahun depan	明年	awal tahun	年初
minggu lalu (kemarin)	上個星期	tahun lalu	去年	akhir minggu	週末
bulan	月	bulan depan	下個月	akhir bulan	月底
bulan ini	這個月	bulan lalu	上個月	akhir tahun	年底

Kalimat yang sering dipakai 常用句子：

Kapan ada rapat? 何時有會議？

1. Kapan ada rapat dengan mereka lagi?

   什麼時候還要和他們開會？

2. Apakah mereka sudah selesai rapat?

   他們是否已經開完會了？

3. Bagaimana dengan rapat tadi?

   剛剛的會議如何？

4. Siapa saja yang hadir dalam rapat itu?

有哪些人參加那個會議？

5. Apakah direktur mereka juga akan hadir dalam rapat itu?

他們的總經理是否也出席在會議中？

Latihan 練習：Pengaturan Jadwal 行程安排

會議行程說明：

09:00：pembukaan/sambutan（致詞）

09:30：presentasi（發表）

10:00：tur pabrik（參觀工廠）

11:00：tur kantor（參觀辦公室）

12:00：makan siang（午餐）

14:00：sesi diskusi（討論時段）

18:00：makan malam informal / formal

（正式／非正式晚餐）

請按照以上資訊撰寫顧客拜訪的行程內容！

Hari Rabu depan perusahaan kita akan ada kunjungan dari PT.

_____. Berikut adalah jadwal untuk kunjungan

tersebut.

Pertama, _____

_____

_____

_____

_____

_____

_____

_____

👤：Halo Jessi…

　　Jessi，你好。

👤：Hi, Budi. Apakah kamu sedang sibuk?

　　嗨，Budi，你在忙嗎？

👤：Ya. Sekarang saya sedang meeting.

　　是的。我現在正在開會。

👤：Oh…, maaf.

　　哦，不好意思。

👤：Tidak apa-apa. Nanti (setelah meeting) saya telepon balik ke kamu.

　　沒關係。待會（會議後）我打給你。

👤：Baik, tidak masalah. Kira-kira jam berapa?

　　好，沒問題。大概幾點？

👤：Sekitar jam 15:40.

　　大約下午三點四十分。

👤：Ok. Kita bicarakan lagi nanti. Da…

　　好，我們待會再討論。掰……

Kosakata 單字 （4-5mp3）

	印尼語	中文	說明
1	sibuk	忙	A：Kamu sedang apa? (Kamu lagi ngapain?) 你在做什麼？ B：Saya sedang sibuk buat laporan. 我正在忙著打報告。
2	sekarang	現在	(1)Sekarang adalah waktu yang tepat untuk melakukan ekspansi. 現在是擴展的正確時機。 (2)Sekarang sudah jam 12 siang, mari makan! 現在已經中午十二點了，吃飯吧！
3	sedang	正在	A：Tolong sambungkan dengan Pak Irawan. 麻煩把電話轉給Irawan先生。 B：Sekarang beliau sedang meeting. Silakan telepon lagi nanti. 現在他正在開會。請待會再打來。

	印尼語	中文	說明
4	telepon	電話 （N）	telepon kantor（公司電話），telepon genggam (hp)（手機） (1) Berapa nomor hp kamu? 　　你的手機號碼多少？
		電話 （V）	(2) A：Tolong telepon Pak Kusuma! 　　　麻煩打電話給Kusuma先生！ 　　B：Baik. 　　　好。
5	nanti	待會	A：Kapan beliau balik ke kantor? 　　他什麼時候回公司？ B：Mungkin nanti sore. 　　可能待會下午。
6	tentu	當然	A：Pak, apakah hal ini perlu dibicarakan dalam meeting lusa? 　　經理，這件事是否要在後天會議裡提及？ B：Ya. tentu saja. 　　是，當然。

	印尼語	中文	說明
7	masalah	問題	(1) Ini adalah masalah intern perusahaan mereka. 這是我們公司內部的問題。 (2) A：Tolong buatkan saya secangkir kopi. 麻煩泡一杯咖啡給我！ B：Ya. Tidak masalah. 好。沒問題。
8	kira-kira	大概	(1) A：Berapa perkiraan PO untuk bulan depan? 下個月訂單的預視量多少？ B：Kira-kira 300 ton. 大概三百噸。 (2) A：Berapa jam penerbangan dari Taipei ke Bandara Soeta-Jakarta. 從台北飛雅加達Soeta機場要幾小時？ B：Kira-kira 5 jam. 大概五小時。

	印尼語	中文	說明
9	sekitar	周邊 大約	(1) Dalam 2 tahun terakhir banyak pembangunan di sekitar Jabodetabek. 近兩年內Jabodetabek有很多的建設。 (2) Sekitar pertengahan tahun depan di Jakarta akan ada pameran mesin se-Asia. 大約明年中雅加達會有全亞洲的機械展覽。
10	bahas	討論	(1) Tadi siang ada meeting dadakan untuk bahas masalah kenaikan harga bahan baku. 剛剛中午有臨時會議討論原料漲價問題。 (2) Sampai di sini dulu, kita bahas lagi nanti. 先到這裡，下次再討論。
11	lagi	正在 （口語） 再	(1) Siapa yang lagi merokok? 誰在抽菸？ (2) Tolong ulang sekali lagi. 請再重複一次。

Waktu 時間

　　由於印尼是由諸多島所組成，因而印尼國土非常廣，因此印尼國土分為三個時段，印尼西區時間（WIB）包括：爪哇島、蘇門答臘島、西加里曼旦及中加里曼旦；印尼中區時間（WITA）包括：蘇拉威西、小巽他群島、北加里曼旦、南加里曼旦及東加里曼旦；印尼東區時間（WIT）包括：摩鹿加群島及西巴布亞。每一個區域有一小時的時差。

印尼職場文化：工作地點

　　印尼職場對自己工作地點的稱呼有別於中文用語，如：

印尼語：Saya mau ke kantor.
中文：我要去公司。

　　印尼語的 kantor 是「辦公室」的意思，而「公司」的印尼語是 perusahaan。

"perusahaan" 一般是用在形容公司名稱，如：Perusahaan Keamanan（保安公司）、Perusahaan Swasta（私人公司）等。而印尼語和中文習慣用語不同，所以當要用印尼語說「我要去公司」要說成 " Saya mau ke kantor"。

Di Kantor　在辦公室

Percakapan 對話（ 5-1 mp3）

👤 : Bagaimana dengan surat kontrak yang harus dipersiapkan?

必須準備的合約如何了？

Apakah sudah siap?

是否已經準備好了？

👤 : Ada beberapa bagian yang harus disesuaikan. Setelah selesai, akan saya print untuk ibu lihat.

有一些部分必須要調整。完成之後，我會印出來給您看。

👤 : Kapan siap?

什麼時候會好？

👤 : Sebelum makan siang akan siap.

午餐前會好。

👤：Tolong sampaikan kepada semua kepala bagian, jam 13:30 nanti saya mau meeting dengan mereka mengenai masalah produksi. Persiapkan semua data yang diperlukan!

麻煩轉告給所有單位的主管，下午一點半我要和他們開會，討論有關生產的問題。準備好全部所需要的資料！

👤：Baik. Akan saya sampaikan.

好。我會轉告他們。

👤：Terima kasih.

謝謝。

Kosakata 單字（ 5-2 mp3）

	印尼語	中文	說明
1	bagaimana	如何	(1) Bagaimana dengan keadaan kantor? 公司情況如何？ (2) Keadaan kantor, bagaimana? 公司情況如何？
2	surat	信	Surat Peringatan --SP（警告書）， Surat Kuasa（授權書）
3	kontrak	合約	Besok kami akan menandatangani kontrak kerja sama. 明天我們將簽合作合約。
4	harus	必須	Harus tepat waktu, jangan terlambat! 一定要準時，別遲到！
5	siap	準備	Saya sudah siap, mari berangkat. 我已經準備好了，出發！
6	sudah	已經	Kami sudah sampai, Anda di mana? 我們已經到了，您在哪裡？

	印尼語	中文	說明
7	beberapa	幾個	(1) Saya akan dinas ke Malaysia selama beberapa hari. 我將去馬來西亞出差幾天。
		一些	(2) Ada beberapa hal yang harus kami diskusikan. 我們必須要討論一些事情。
8	sesuai	適當、合適	(1) Apakah ini sudah sesuai dengan standar yang berlaku? 這是否已經符合適用標準。
	disesuaikan	調整如（其要求）	(2) Isi kontrak sudah disesuaikan permintaan mereka. 合約內容已經調整如他們的要求。
9	setelah	之後	Setelah meeting, ajak tamu makan malam! 開會後，邀請顧客去吃飯！

	印尼語	中文	說明
10	selesai	結束	(1) Setelah dia selesai telepon, suruh dia ke ruangan saya. 他打完電話後，叫他來我辦公室。 (2) Setelah dia selesai telepon, suruh dia ke sini. 他打完電話後，叫他來我的辦公室。
11	print	印	Apakah data ini harus diprint? 這份資料是否要印出來？
12	untuk	給 對於	(1) Ini adalah untuk kamu. 這是給你的。 (2) Jas ini terlalu besar untuk saya. 這件西裝對我來說太大了。 (3) Sepatu ini terlalu kecil untuk dia. 這雙鞋子對他來說太小了。
13	sebelum	之前	Sebelum pergi minum, bagaimana kalau kita makan malam dulu? 去喝酒之前，我們先吃晚飯如何？

	印尼語	中文	說明
14	semua	全部、所有	Semua pekerjaan harus selesai sebelum akhir bulan ini. 所有工作必須在這個月底完成。
15	mengenai	關於	Pak Budi mau laporan mengenai masalah pajak. Budi先生要有關稅務問題的報告。
16	persiapkan	準備	Pak Budi mau laporan mengenai masalah pajak, persiapkan! Budi先生要有關稅務問題的報告，去準備！
17	data	資料	data keuangan tahunan（年度財務資料），data pribadi（私人資料）
18	perlu	需要	Perlu berapa banyak waktu untuk mempersiapkan data itu? 需要多少時間準備那份資料？
19	sampaikan	傳達	Tolong sampaikan hal ini kepada dia. 請轉告這件事情給他。

1. sebelum 之前

(1) Dokumen ini sangat penting, sebelum kirim, harap periksa ulang.

這份文件很重要，寄之前，請重複檢查。

(2) Sebelum makan, cuci tangan dulu.

吃飯前，先洗手。

(3) Sebelum pulang, tolong cek apakah semua pintu sudah terkunci!

回家之前，請檢查是否所有的門都已上鎖！

2. setelah 之後

(1) Setelah selesai makan, bagaimana kalau kita pergi minum?

吃完飯之後，我們去喝酒如何？

(2) Setelah semua masalah selesai, kamu akan dapat cuti selama 1 minggu.

所有問題解決完之後，你可以休息一星期。

Latihan 練習

1. apa & apakah 「什麼」和「是否」

Perlengkapan kantor 文具					
binder clip	長尾夾	Pen	原子筆	double tip	雙面膠
paper clip	迴形針	pensil	鉛筆	kertas	紙
stapler	釘書機	spidol	白板筆	amplop	信封
kalkulator	計算機	stabilo	螢光筆	penggaris	尺
gunting	剪刀	Lem	膠水	penghapus	橡皮擦
cutter	美工刀	lakban	膠帶	stamp pad	印台
komputer	電腦	kalender	月曆	laptop	筆記型電腦
correction tape	立可帶	pembolong kertas	打洞機	paku payung	圖釘

(1) Apa ini? 這是什麼？

　　A：Apa ini?

　　　　這是什麼？

　　B：Ini adalah pembolong kertas. Apa itu?

　　　　這是打洞機。那是什麼？

　　A：Itu adalah ＿＿＿＿＿＿＿＿＿＿＿＿.

　　　　那是 ＿＿＿＿＿＿＿＿＿＿＿＿。

(2) Apakah saya bisa pinjam ＿＿＿＿＿＿＿ kamu?

我是否可以借你的 ＿＿＿＿＿＿＿＿＿＿ ？

　　A：Apakah bisa saya pinjam komputer kamu?

　　　　我是否可以借你的電腦？

　　B：Ya. Tentu. Silakan.

　　　　是，當然。請。

(3) Apakah saya boleh pakai ＿＿＿＿＿＿＿ kamu?

我是否可以用你的 ＿＿＿＿＿＿＿＿＿ ？

　　A：Apakah saya boleh pakai mobil kamu?

　　　　我是否可以用你的車？

　　B：Boleh, tetapi ingat isi bensin.

　　　　可以，但是記得加油。

2. Letak 座落

Arah 方向			
kiri	左	selatan	南
kanan	右	utara	北
sebelah / samping	旁邊	timur	東
sebelah kiri	左邊	barat	西
sebelah kanan	右邊	timur laut	東北
depan	前面	barat laut	西北
belakang	後面	barat daya	西南
tengah	中間	tenggara	東南
atas	上面	bawah	下面

(1) A：Kota Kaohsiung terletak di mana?

高雄市在哪裡？

B：Kota Kaohsiung terletak di selatan Taiwan.

高雄市在南台灣。

(2) A：Siapa yang duduk di sebelah kamu?

誰坐在你的旁邊？

B：Yang duduk di sebelah saya adalah _____.

坐在我旁邊的是 _____。

〈 Alat-alat elektronik 電子用品相關詞彙 〉

weaker	鬧鐘	jam tangan	手機	scanner	掃描機
kamera	相機	kamera video	攝影機	printer	印表機
mp3	mp3	mesin fax	傳真機	mic	麥克風
hp	手機	mesin fotocopy	影印機	speaker	音響

 Latihan 練習：Merek 品牌

👤：Jam tangan Anda sangat keren.
　　你的手錶很帥氣。

👤：Masa?
　　真的嗎？

👤：Merek apa?
　　什麼牌的？

👤：Xadia.
　　Xadia。

👤：Apakah kamu punya kamera?
　　你是否有照相機？

👤：Ada. Saya punya.
　　有，我有。

👤：Merek apa?
　　什麼牌的？

👤：Merek Terrin.
　　Terrin牌。

Berat 重量相關詞彙

價格		重量		電池使用期	
murah	便宜	ringan	輕	pendek	短
lumayan	普通	sedang	中	sedang	中
mahal	貴	berat	重	panjang	長

 Percakapan 對話 （ 5-3 mp3）

👤：Apakah Anda mencari kamera, Pak?

您找照相機嗎，先生？

👤：Ya.

是的。

👤：Yang ini sangat terkenal. Merek FilGi.

這個很有名。FilGi牌。

👤：Berapa harganya?

價格多少？

👤：Rp. 5.740.000.

5.740.000印尼盾。

👤：Lumayan <u>mahal</u>.

蠻貴的。

👤：Kamera ini <u>sangat kecil dan ringan</u>.

這台照相機很小也很輕。

👤：Saya lihat-lihat dulu. Terima kasih.

我先看看。謝謝。

📍印尼職場文化：Ke ruangan saya！來我辦公室！

　　印尼語 ruangan 意思為「空間（ruang）」，為開放式空間。一般搭配其他詞彙形成複合詞，如：ruang kantor（辦公空間）、ruang tamu（客廳）、ruang kelas（教室）等。而 ruangan 可以用來形容辦公室，如：

　　Minta dia ke ruangan saya 中文譯文「請他來辦公室」，在這裡的辦公室就不會用 kantor，因為 ruangan 是 kantor 裡面的部分空間。

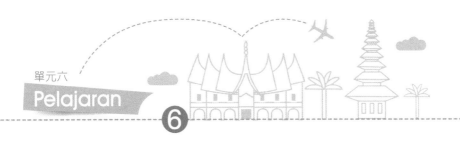

Pekerjaan 工作

Percakapan 對話 （ 6-1 mp3）

👤：Apa pekerjaan Anda?

您做什麼工作？

👤：Saya adalah Manager Personalia.

我是人事經理。

👤：Apa jenis perusahaan tempat Anda bekerja?

您在什麼行業的公司上班？

👤：Saya bekerja di Perusahaan Jasa Keamanan.

我在保安服務公司上班。

👤：Apa saja tugas Anda?

您的工作項目是什麼？

👤：Saya mengkoordinasi semua hal yang berhubungan dengan SDM.

我協調所有與人力資源有關的事情。

👤：Apakah pekerjaan Anda sibuk?

你的工作忙嗎？

👤：Kadang-kadang sibuk, kadang-kadang santai. Bagaimana dengan Anda?

偶爾忙，偶爾輕鬆。您呢？

👤：Pekerjaan saya sangat sibuk.

我的工作很忙。

👤：Apakah Anda suka dengan pekerjaan Anda?

您是否喜歡您的工作？

👤：Ya. Pekerjaan saya sangat menantang.

是。我的工作很有挑戰性。

Kosakata 單字 （ 6-2 mp3）

	印尼語	中文	說明
1	tempat	地方 / 地點	tempat duduk（坐的地方）， tempat makan（吃飯的地方）， tempat bermain（玩的地方）， tempat tinggal（住的地方） (1) Apakah mereka telah sepakat untuk membeli tempat ini? 他們是否已經同意買此地方？ (2) Di sini adalah tempat tidur kamu. 這裡是你睡覺的地方。
2	aman keamanan	安全	(1) Sekarang sudah aman! 現在已安全了！ (2) ABRI bertanggungjawab menjaga keamanan negara. （印尼）國軍負責維護國家安全。 (3) Perusahaan memperkerjakan satpam untuk menjaga keamanan pabrik. 公司雇用警衛來維護工廠的安全。

	印尼語	中文	說明
3	tugas	工作／作業	Tugas seorang karyawan adalah bekerja dengan rajin. 一個員工的責任是勤勞地工作。
4	jalan	道路 走路	jalan raya（馬路），jalan Heping（和平路） (1) Saya setiap hari jalan kaki ke kantor. 我每天走路去上班。
	menjalankan	運作／運行	(2) Menjalankan sebuah perusahaan bukan hal yang mudah. 經營公司並不是容易的事。
5	penjualan	銷售	Angka penjualan tahun ini naik 75 persen. 今年的銷售率增長百分之七十五。
6	menghadiri	出席	Banyak yang akan menghadiri acara peluncuran produk baru, persiapkan segalanya dengan baik! 將會有很多人出席新產品的發表會，準備好一切！
7	kadang-kadang	偶爾	kadang-kadang santai（偶爾輕鬆） kadang-kadang sibuk（偶爾忙）

	印尼語	中文	說明
8	santai	休閒	baju santai（休閒服裝）， acara santai（輕鬆活動）
		輕鬆	Santai saja, jangan terlalu tegang (serius). 輕鬆吧，別太緊張。
9	menantang	挑戰	Olahraga ini sangat menantang. 這種運動很有挑戰。
10	mengkoor-dinasi	協調	Kepala bagian produksi bertanggung-jawab mengkoordinasi semua bagian produksi, agar produksi bisa berjalan dengan lancar. 生產主管負責協調所有生產單位，讓生產能夠順利運作。
11	hal	事項	Hal yang berhubungan dengan masalah itu, tidak perlu dibahas lagi. 關於這件事的問題，不需要再討論了。

1. sangat「很」，作為程度副詞。中文程度副詞「很」是結構，而印尼語程度副詞作為表示程度用途。

   (1) Kamera ini bagus.

   這台相機很好看。

   (2) Kamera ini sangat bagus.

   這台相機很好看。

2. lagi 再

   2.1「動詞＋再」

   (1) Tolong lihat lagi!

   請再看一次！

   (2) Jangan makan lagi!

   別再吃了！

   2.2 作為語法，<u>未來式</u>的「再過＋時間」

   (1) 2 hari lagi adalah hari ulang tahun saya.

   再過兩天是我的生日。

   (2) Beberapa hari lagi adalah hari peringatan ulang tahun perusahaan.

   再過幾天是公司的周年紀念。

3. saja

3.1 只、僅

(1) Barang ini hanya sebagai contoh saja.

這個東西只是作為樣品而已。

(2) Mereka ingin bertemu dengan kita saja.

他們只想要見我們。

3.2 語助詞

(1) Tentu saja!

當然啦！

(2) Kalau saja mereka tidak gegabah, hal ini tidak akan terjadi.

如果他們不衝動，這件事就不會發生。

 Latihan 練習

1. Percakapan 對話

Pekerjaan 工作	peneliti pasar 市場研究員	staf 職員	insinyur 工程師	resepsionis 前櫃接待員
Jenis perusahaan 公司行業	perusahaan elektronik 電子公司	hotel 飯店	perusahaan konstruksi 建築公司	pusat panggilan 服務中心
Tanggungjawab 責任	pemasaran 業務	buat laporan 打報告	desain gedung 建築設計	menerima panggilan telepon 接聽電話

(1) A：Apa pekerjaan dia?

他的工作是什麼？

B：Dia adalah seorang peneliti pasar. Dia bekerja di perusahaan elektronik sebagai pemasaran.

他是一位市場研究員。他在電子公司上班當業務。

(2) A：Apa pekerjaan dia?

B：_____

(3) A：_____

　　 B：_____

(4) A：_____

　　 B：_____

2. Isi bagian yang kosong 填空

(1) Saya _____ pelanggan.（顧客）

(2) Saya _____ rapat.（開會）

(3) Saya _____ seminar.（研討會）

(4) Saya _____ laporan.（報告）

(5) Saya _____ pelanggan.（客戶）

(6) Saya _____ email.（電子郵件）

(7) Saya _____ presentasi.（發表）

選項

menghadiri	menelepon	membuat	membaca
參與／出席	打電話	做	讀／看
mengunjungi	menulis	memberi	memimpin
拜訪	寫	給	帶領／主持

3. Membaca 閱讀──請配對職位工作與其該負責的項目

Nama 姓名	1.Sinta Gunawan	2.Linda Setiawan	3.Li-Shan Yang	4.Damar Kusuma
Jabatan 職位	Manager Penjualan 行銷經理	Manager Personalia 人事經理	Manager Restoran 餐廳經理	Operator mesin 機器操作員
Perusahaan 公司	Perusahaan keamanan 保安公司	Perusahaan asuransi 保險公司	Jaringan makanan cepat saji 連鎖速食餐廳	Perusahaan plastik 塑膠公司

【　】Membuat suku cadang produk elektronik, cek mesin.

製作電子產品零件，檢查機器。

【　】Menjalankan departemen penjualan dan memimpin /
menghadiri meeting.

領導銷售部門，帶領／出席會議。

【　】Menjalankan restoran, melatih staf baru.

經營餐廳，培訓新員工。

【　】Mengkoordinasikan semua hal yang berhubungan dengan
sumber daya manusia.

協調所有與人力相關事項。

4. **Isi bagian yang kosong** 填空

(1) _____ proyektor dan layar.

（投影機及螢幕）

(2) _____ laptop dan internet.

（筆電及網路）

(3) _____ fotokopi 10 agenda rapat.

（影印10份會議議程）

(4) _____ kepada semua orang tentang waktu

dan tempat rapat.

（給大家有關會議的時間與地點）

(5) _____ AC dan kipas angin.

（冷氣及電扇）

選項

cek	sambung	e-mail	buat	nyalakan
檢查	連接	寫電子郵件	做	打開

5. Percakapan telepon 電話 —— 對話填空

👤 : Halo, saya adalah Rina Badin dari ANC.

Bisakah saya ＿＿＿＿＿＿＿ dengan Pak. Sukma dari departemen

penjualan.

👤 : Maaf, beliau sedang tidak di＿＿＿＿＿＿＿.

👤 : Bisakah saya ＿＿＿＿＿＿＿ pesan?

👤 : Ya, ＿＿＿＿＿＿＿.

👤 : Tolong minta beliau untuk menghubungi kantor saya.

Nomornya adalah 5391497.

👤 : 5391497. Saya akan ＿＿＿＿＿＿＿ pesan Anda.

👤 : Terima kasih. Sampai jumpa.

👤 : Sampai jumpa.

選項

tentu	tempat	titip	sampaikan	berbicara
當然	地點	委託	轉達	說話

 Jabatan dan Bagian 職務與單位

印尼文（職務）	中文	印尼文（單位）	中文
komisaris utama	董事長	marketing/ pemasaran	業務／行銷
komisaris	董事	keuangan	財務
direktur utama (dirut)	總裁首席執行長	personalia	人事
direktur	總裁（各部門）	akunting	會計
general manager (GM)	經理（首席經理）	pabrik	工廠
manager	經理（各部門）	resepsionis	接待
wakil manager	副經理	purchasing	採購
supervisor/kepala bagian	主任	gudang	倉庫
staf administrasi	職員	PPIC	生管
foremen	領班／工長	QC	品管
operator	操作人員	office boy/lady	清潔人員

Wilayah Indonesia 印尼地區

	Pulau Sumatera			Pulau Bali	
1	Aceh	Banda Aceh	1	Bali	Denpasar
2	Sumatera Utara	Medan	Pulau Nusa Tenggara		
3	Sumatera Barat	Padang	1	Nusa Tenggara Barat	Mataram
4	Riau	Pekanbaru	2	Nusa Tenggara Timur	Kupang
5	Kepulauan Riau	Tj. Pinang	Pulau Kalimantan		
6	Jambi	Jambi	1	Kalimantan Barat	Pontianak
7	Bengkulu	Bengkulu	2	Kalimantan Timur	Smarinda
8	Sumatera Selatan	Palembang	3	Kalimantan Tengah	Palangkaraya
9	Bangka-Belitung	Pangkal Pinang	4	Kalimantan Selatan	Banjarmasin
10	Lampung	Lampung	5	Kalimantan Utara	Tanjung Selor
	Pulau Jawa			Pulau Sulawesi	
1	DKI Jakarta	Jakarta	1	Sulawesi Barat	Mamuju
2	Jawa Barat	Bandung	2	Sulawesi Tenggara	kendari
3	Jawa Tengah	Semarang	3	Sulawesi Tengah	Palu
4	DI Yogyakarta	Yogyakarta	4	Sulawesi Selatan	Makassar
5	Jawa Timur	Surabaya	5	Sulawesi Utara	Manado
6	Banten	Serang	6	Gorontalo	Gorontalo
	Pulau Maluku			Pulau Papua	
1	Maluku	Ambon	1	Papua	Jayapura
2	Maluku Utara	Ternate	2	Papua Barat	Manokwari

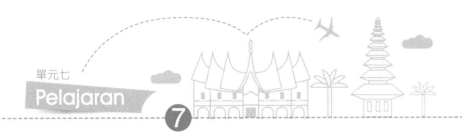

Arah　方向

Percakapan 對話（ 7-1 mp3）

：Permisi, numpang tanya, apakah ada kantor polisi di dekat sini?

不好意思，請問，附近是否有警察局？

：Ya, ada di jalan Damai.

是，在Damai路。

：Apakah kantor polisi jauh dari sini?

警察局離這裡很遠嗎？

：Tidak jauh, hanya 2 belokan dari sini.

不遠，從這裡只有兩個彎路。

👤 ： Bagaimana cara pergi ke jalan Damai?

怎麼去Damai路？

👤 ： Jalan lurus sepanjang jalan ini. Belok kiri di perempatan pertama, kemudian belok kanan ke jalan Damai. Kantor polisi terletak di sebelah kiri, sebelah toko bunga.

這條路直走，第一個十字路口左轉，然後右轉到Damai路。警察局在左邊，在花店旁。

👤 ： Terima kasih.

謝謝。

👤 ： Sama-sama / Tidak masalah.

不客氣／沒問題。

Kosakata 單字（ 7-2 mp3）

	印尼語	中文	說明
1	kantor	辦公室	kantor pos（郵局），kantor polisi（警察局），kantor pajak（稅務局），kantor notaris（代書） (1) Hari ini saya tidak ke kantor. 今天我不去公司。 (2) Pelaporan pajak perusahaan kita dilakukan di kantor pajak Kalibata. 我們公司稅務報告是在Kalibata稅務局申報。
2	polisi	警察	polantas --polisi lalu lintas（交通警察），lapor polisi（報警／報案）
3	jauh	遠	(1) Tempat ini letaknya tidak begitu jauh dari sini. 這個地方離這裡沒那麼遠。 (2) Jangan jauh-jauh dari sini! 不要去太遠！

	印尼語	中文	說明
4	begitu	那麼	(1) Mereka kelihatannya begitu semangat. 他們看起來很有精神。 (2) Kalau begitu, mari kita mulai. 這樣的話，我們開始。
5	tidak begitu	沒那麼	(1) Mereka kelihatannya tidak begitu bersemangat. 他們看起來沒什麼精神。 (2) Saya tidak begitu paham dengan maksud Anda. 我不太瞭解您的意思。
6	belokan	轉彎	Anda harus putar balik di belokan pertama. 您必須在第一個彎道迴轉。
7	cara	方式	(1) Apakah kamu tahu cara memasang alat ini? 你是否知道安裝這個工具的方法？ (2) Bagaimana cara menggunakan kamera ini? 如何使用這台相機？
8	lurus	直	Jalan lurus di jalan ini, lihat lampu merah belok kanan. 這條路直走，看到紅綠燈右轉。

	印尼語	中文	說明
9	panjang sepanjang	長	panjang tangan（小偷） sepanjang tahun（一整年），sepanjang jalan ini（一整條路）
10	belok	轉	belok kanan（右轉），belok kiri（左轉）
11	perempatan	十字路口	Perempatan jalan Senopati. Senopati路的十字路口。
12	kemudian	然後	Setelah rapat, kami akan ke pabrik, kemudian baru balik ke kantor. 開會之後，我們會去工廠，然後回公司。
13	terletak	座落	(1) TETO Jakarta terletak di Jl. Jend. Sudirman. 駐雅加達台北辦事處座落在Jend. Sudirman路。 (2) Kedutaan Besar Jepang terletak di Jakarta Selatan 日本大使館座落在雅加達南區。
14	sebelah	旁邊	Di sebelah gedung perkantoran terdapat banyak restoran dan kafe. 辦公大樓旁有很多餐廳和咖啡廳。

	印尼語	中文	說明
15	masalah	問題	(1) Masalah ini sangat sensitif, harus hati-hati. 這個問題很敏感，要小心。 (2) Bagaimana cara menyelesaikan masalah ini? 如何解決此問題？

⟨Tata Bahasa 語法⟩

1. dari：「從：什麼地點」

    (1) Kamu berasal dari mana?

    你來自哪裡？

    (2) Anda dari perusahaan apa?

    你在哪家公司上班？

2. dari：「從：誰而得到」

    (1) Ini adalah kado dari rekan kantor.

    這是同事給的禮物。

    (2) Laptop ini adalah hadiah dari teman.

    這台筆電是朋友送的。

3. "dari _____ ke _____" :

「從 _____ 到 _____」

(1) Berapa lama perjalanan dari Jakarta ke Surabaya?

雅加達到泗水路程多久？

(2) Bagaimana cara memindahkan kontak dari hp baru
ke hp lama?

如何把舊手機的聯絡人轉到新的手機？

4. "dari _____ untuk _____" :

「從 _____ 給 _____」

(1) Ini adalah pesan dari bos untuk Anda.

這是老闆給你的資訊。

(2) Sampaikan kepada mereka, parsel ini adalah
hadiah dari Pak Budi untuk mereka.

轉告他們，這份禮品是 Budi 先生給他們的禮物。

Latihan 練習

1. Pendengaran 聽力（ 7-3 mp3）

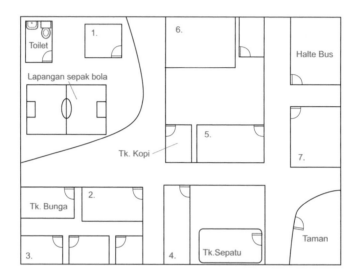

Kosakata 單字

◆Toko Buku：書店

◆Optik：眼鏡行

◆Butik：精品店

◆Kantor Polisi：警察局

◆Halte MRT：捷運站

◆Toko Obat / Apotek：藥局

◆Halte Busway：公車站牌

(1) _____ .

(2) _____ .

(3) _____ .

(4) _____ .

(5) _____ .

(6) _____ .

(7) _____ .

2. Kalimat句型

👤 ：Apakah ada <u>halte busway</u> di sekitar (dekat) sini?

這附近是否有Busway公車站？

👤 ：(1) Ya. Ada satu <u>terletak di jalan</u> _____

(2) Ya. Ada satu <u>di dekat</u> jalan _____

(3) Ya. Ada satu <u>di seberang</u> _____

(4) Ya. Ada satu <u>di antara</u> _____ <u>dan</u> _____

3. Tanya Jawab 看與説

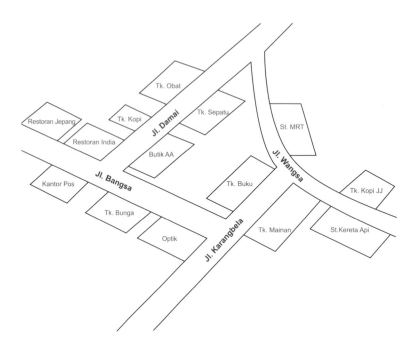

Optik, Toko Sepatu, Restoran India dan Toko Mainan? 座落在哪裡？

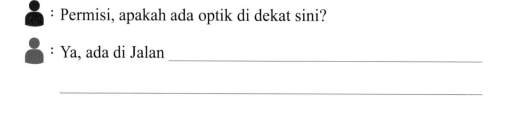

👤：Permisi, apakah ada optik di dekat sini?

👤：Ya, ada di Jalan _____

_____

_____

👤 : _____

👤 : _____

_____

_____

👤 : _____

👤 : _____

_____

_____

 印尼語小常識

慣用語

　由於語言的特性不同，所以印尼語和中文都有不同的慣用
語，如：

　1.介系詞：地點前方必須加介系詞。

　2.助動詞：「要」。中文的「要」用途比較廣，而印尼語
「要（mau）」只用在選擇「要」或「不要」，在一些必須執行
的內容就得用 harus（必須）。如：

(1) 你已經生病幾天了，「要」去看醫生了。

Kamu sudah sakit beberapa hari,「harus」ke dokter.

(2) 你「要」吃飯！

Kamu「harus」makan!

3. 句型：

(1) Anda dari perusahaan apa?

你從什麼公司來的？（正確：「你哪裡工作？」）

(2) Kamu dari mana?

此句子意思有兩種，第一為字面上意思「你從哪裡來？」，第二為「你去哪裡？」（從外面回來時用此）。

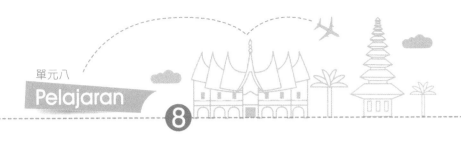

Berbelanja　購物

Percakapan 對話 （◎ 8-1 mp3）

👤：Selamat malam. Ada yang bisa saya bantu?

晚安。請問要找什麼？

👤：Ya, saya ingin cari gelang sebagai hadiah untuk teman saya.

是的，我想找手鍊給我朋友。

👤：Bagaimana dengan yang ini?

這條如何？

👤：Berapa harganya?

多少錢？

👤：Yang ini harganya Rp.1.850.200.

這條是Rp. 1.850.200。

👤： Mahal sekali, yang itu berapa?

很貴，那條呢？

👤： Yang itu harganya Rp.1.670.000.

那條是Rp.1.670.000。

👤： Apa perbedaan gelang yang ini dengan yang itu ? Kelihatannya sama.

這一條和那一條有什麼不一樣？看起來一樣。

👤： Karena gelang yang ini lebih berat sedikit.

因為那一條手鍊比較重一點。

👤： Ok. saya ambil yang itu.

好，我要那條。

👤： Baik. Apakah mau dibungkus dengan kertas kado?

好。是否要用包裝紙包？

👤： Ya, tolong dibungkus.

要，請幫我包起來。

👤： Anda mau bayar dengan kartu atau cash (tunai).

您要刷卡還是付現？

👤 : Dengan (pakai) kartu. Apakah bisa bayar dengan kartu JCB?

我要刷卡。是否可以刷JCB卡？

👤 : Maaf, kami hanya terima master dan visa.

不好意思，我們只收master卡和visa卡。

👤 : Ini adalah kartu kredit saya.

這是我的信用卡。

👤 : Ya. Silakan tekan nomor PIN Anda!

好。請輸入您的密碼！

👤 : Sudah.

好了。

👤 : Terima kasih. Ini adalah belanjaan Anda.

謝謝。這是您買的商品。

Kosakata 單字（🔊 8-2mp3）

	印尼語	中文	說明
1	bantu	幫忙 協助	(1) Ada yang bisa saya bantu? 　　有什麼我可以幫忙的？ (2) Apakah Anda butuh bantuan? 　　您是否需要協助？
2	cari	找	(1) Saya mau cari kamar kos dengan kamar mandi di dalam. 　　我要找套房。（浴室在內的房間） (2) Saya lupa taruh di mana, tolong bantu saya cari di sebelah sana. 　　我忘記放在哪裡，請幫我在那邊找。
3	gelang	手鍊	gelang mutiara（珍珠項鍊），gelang emas（金手鍊）

	印尼語	中文	說明
4	sebagai	作為	(1) Saya mau menghadiahkan kalung mutiara ini untuk pacar saya sebagai kado ulang tahun. 我要送珍珠項鍊給我女朋友作為生日禮物。
		當	(2) Kakak saya bekerja di perusahaan itu sebagai asisten manager pemasaran. 我姊姊在那家公司工作，當業務經理的助理。
5	kalau	如果	Kalau kamu yakin, tidak ada salahnya dicoba. 如果你確定，就試試看吧。
6	perbedaan	差異	(1) Di mana letak perbedaannya? 哪裡不一樣？
		差別	(2) Apa perbedaan antara kontrak yang baru dengan yang sebelumnya? 新的合約和舊的合約有什麼差別？

	印尼語	中文	說明
7	kelihatannya	看起來	(1) Kelihatannya sangat menarik. 看起來很有趣。 (2) Mereka kelihatannya tertarik dengan harga yang kita ajukan. 看起來他們對我們提出的價格很感興趣。
8	sama	一樣	Kedua perusahaan tersebut menjual produk yang sama. 那兩家公司銷售同樣的產品。
9	lebih	比較	Karena cuaca, maka barang akan tiba lebih lambat daripada perkiraan. 因為天氣,所以貨物會比預期時間慢到。
10	berat	重	berat badan（體重）,berat bersih（淨重）
11	lumayan	不錯	「lumayan＋形容詞」 A:Apakah hasil tampilan kamera ini bagus? 這台相機的畫素好嗎? B:Lumayan. 不錯。

	印尼語	中文	說明
12	bungkus	包裝 包	(1) Tolong bungkus dengan kertas kado yang terang. 麻煩用亮的包裝紙包起來。 (2) Saya mau bungkus 2 porsi soto. 我要打包（外帶）兩份soto。
13	kertas	紙	kertas kosong（白紙），kertas berwarna（彩色紙）
14	kado	禮物 （紀念）	kado ulang tahun（生日禮物），kado pernikahan（結婚禮物）
15	bayar	支付	bayar dimuka（預付），bayar tunai（付現） Kali ini biar saya yang bayar. 這次讓我付。
16	tunai/cash	現金	Kami hanya terima pembayaran tunai. 我們只收現金。

	印尼語	中文	說明
17	dengan (pakai)	用	(1) Dia terbiasa menulis dengan tangan kiri. 他習慣用左手寫字。
		戴	(2) Jangan lupa pakai helm. 別忘了戴安全帽。
		穿	(3) Menghadiri acara resmi harus pakai jas atau batik lengan panjang. 參加正式活動必須穿西裝或長袖的batik。
18	terima	收	(1) Saya sudah terima faktur dari mereka. 我已經收到他們的發票了。 (2) Mereka bilang, mereka sudah terima paket dari Anda. 他們說，他們已經收到您寄過來的包裹。
19	tekan	按	tekan tombol（按鈕） Tolong ditekan selama 5 menit. 請按五分鐘。
		簽	tekan kontrak（簽合約）

	印尼語	中文	說明
20	belanja	購物	Anggaran Pendapatan dan Belanja Negara –APBN（國家預算） (1) Saya mau pergi belanja keperluan kantor. 我要去買公司用品。
	belanjaan	購物品	(2) Ini adalah barang belanjaan saya. 這是我的購物品。

《Tata Bahasa & Penjelasan Bahasa 語法和語言解釋《

一、Tata Bahasa 語法

1. lebih（比較）：「lebih ＋形容詞」

   (1) Yang model ini lebih bagus.

   這個款式比較好。

   (2) Yang ini lebih baru.

   這個比較新。

   (3) Yang ini lebih murah.

   這個比較便宜。

2. lebih（比較）：「lebih ＋ 形容詞 ＋ daripada」

   (1) Produk ini lebih laris daripada produk itu.

   這種產品比那一種更加好賣。

(2) Produk ini memerlukan modal lebih tinggi daripada produk itu.

這種產品比那一種產品需要更高的成本。

二、**Penjelasan Bahasa** 語言解釋

1. 數字（Angka：100 -）

(1) 單位

個	十	百	千	十千	百千	百萬
satuan	puluhan	ratusan	ribuan	puluh ribu	ratus ribu	juta

(2) 說法

101	Seratus satu
215	Dua ratus lima belas
658	Enam ratus lima puluh delapan
1.000	Seribu
1.216	Seribu dua ratus enam belas.
6.750	Enam ribu tujuh ratus lima puluh.
10.000	Sepuluh ribu
12.000	Dua belas ribu
67.204	Enam puluh tujuh ribu dua ratus empat
100.000	Seratus ribu
108.250	Seratus delapan ribu dua ratus lima puluh
238.861	Dua ratus tiga puluh delapan ribu delapan ratus enam puluh satu.

1.000.000	Satu juta
5.062.702	Lima juta enam puluh dua ribu tujuh ratus dua.
10.000.000	Sepuluh juta
18.300.650	Delapan belas juta tiga ratus ribu enam ratus lima puluh
60.000.500	Enam puluh juta lima ratus
100.000.000	Seratus juta
1.000.000.000	Satu miliar
1.258.637.125	Satu miliar dua ratus lima puluh delapan juta enam ratus tiga puluh tujuh ribu seratus dua puluh lima
10.000.000.000	Sepuluh miliar
100.000.000.000	Seratus miliar
Rp. 100.000.000.000	Seratus miliar rupiah

Latihan 練習

1. Pendengaran 聽力 （◎ 8-3 mp3）

👤：Permisi, berapa harga proyektor ini?

不好意思，這台投影機多少錢？

👤：Ini harganya Rp._____.

這一台是_____。

👤：Lumayan mahal. Berapa harga yang itu?

蠻貴的。那台多少？

👤：Itu harganya Rp. _____.

那一台是_____。

👤：Ok. Saya ambil yang lebih murah itu.

好。我要比較便宜的那台。

2. Baca dan Tulis 讀寫

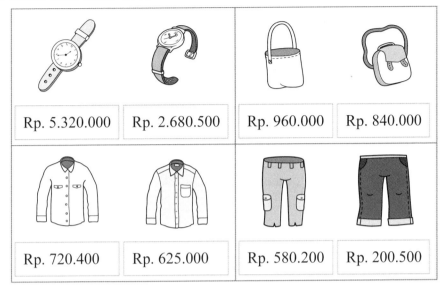

Rp. 5.320.000	Rp. 2.680.500	Rp. 960.000	Rp. 840.000
Rp. 720.400	Rp. 625.000	Rp. 580.200	Rp. 200.500

請按照以上資訊寫一個買賣對話！

👤 : _____

👤 : _____

👤 : _____

👤 : _____

👤 : _____

👤 : _____

3. Telepon 電話對話

Budi Hadinan訂婚禮捧花。請完成以下對話！

：Saya mau pesan buket mawar untuk pernikahan.

：＿＿＿＿＿＿＿. Tolong sebut nomor kartu kredit Anda?

：Ya. ＿＿＿＿＿＿＿.

Nomor kartu saya adalah 15896347895.

：Kartu ini atas nama ＿＿＿＿＿＿＿＿＿？

：Budi Hadinan.

：Terima kasih.

Kosakata 單字
- pesan：訂購、訂位
- buket：花束
- pernikahan：婚禮
- sebut：說出
- nomor：號碼
- kartu：卡
- atas：上面（以……名義上）
- nomor pin：密碼

附錄

 Daftar Kosakata 單字表

 A

ABRI	印尼國軍	anggaran	預算
AC	冷氣	anggrek	蘭花
acara	節目、活動	angin	風
ada	有	angka	數字
adalah	是	antar	送
agar	讓（語法）	antara	之間
agenda	行程	apa	什麼
ajak	邀約	apakah	是否
aju	提議	APBN	國家預算
akan	會、即將	apotek	藥局
akhir	終	arah	方向
akunting	會計	asal	來自
alat	工具	Asia	亞洲
aman	安全	asisten	助理
ambil	拿	atas	上面
anak	小孩	atau	或是
Anda	您	audit	評鑑
anggap	當作		

B

badan	身體	bekerja	工作（V）
bagaimana	如何？	belakang	後面
bagian	部分／門	belanja	購物
bagus	好看	belanjaan	購物品
bahan	材料	beli	買
bahas	討論	beliau	他（尊稱）
bahasa	語言	belok	轉彎（V）
baik	好	belokan	轉彎（N）
baju	衣服	belum	還沒
Bali	峇里島	bengkel	修理廠
balik	回來	bensin	汽油
bandara	機場	berangkat	出發
bank	銀行	berapa	多少？
bantu	幫忙	berasal	來自
banyak	很多	berat	重量
Bapak	先生、爸爸	berhubungan	關係
barang	東西	berikutnya	下一個
baru	新	beritahu	告訴
bawa	帶	berjalan	走路
bayar	支付	berlaku	有限期
beberapa	幾個	bermain	玩
begitu	那麼	bersih	乾淨
Bekasi	城市名稱	bertemu	遇見

besar	大	Budi	人名
besok	明天	bukan	不是
betul	對	buket	花盆
biar	讓（V）	buku	書
biasa	普通、習慣	bulan	月亮、月份
bicara	說話	bunga	花
bilang	說	bungkus	包
bisa	可以、能、會	buruk	壞
boleh	可以	busway	BRT公車
bos	老闆	butik	精品店
Bu	小姐、媽媽	butuh	需要
buat	做、給		

 C

cabang	分支	cek	檢查
cadang	部件	contoh	樣本
cangkir	杯子	cuaca	天氣
cara	方式	cuci	洗
cari	找	cuti	特休
cash	現金		

D

dadakan	臨時	dari	從
dagang	貿易	Dasama	人名
dalam	裡面、內	data	資料
damai	和平	datang	來
dan	和	duduk	坐
dapat	得到、能	dulu	以前、先

 E

ekspansi	擴張	email	電子郵件
elektronik	電子	emas	黃金

 F

faktur	發票	formulir	表格
fax	傳真	fotokopi	影印

 G

gedung	大樓	goreng	炸／炒
gegabah	大意	Gunawan	人名
gelang	手鍊	guru	老師
genggam	握住		

H

hadiah	禮物	harus	必須
hadir	出席	hasil	成果
hal	事	hati-hati	小心
Halim	人名	helm	安全帽
halo	你好	hotel	飯店
halte	公車牌	hp	手機
hanya	只是	hubungan	關係
harap	希望（V）	hujan	下雨
harga	價格	hukum	法律
hari	天、星期		

I

ibu	女士、媽媽	intern	內部
ikut	跟、參與	internet	網路
impor	出口	Irawan	人名
Indofood	公司名稱	isi	內容
ingat	記得	isteri	太太
ingin	想要	istirahat	休息
ini	這	itu	那
insinyur	工程師	Iwan	人名

J

Jabodetabek	大雅加達	jasa	服務
jadwal	行程	jauh	遠
jaga	照顧	JCB	信用卡
Jakarta	雅加達	jemput	接
jalan	馬路、走路	jenis	種類
jalan kaki	走路	Jepang	日本
jam	……點、小時	jual	賣
jangan	別	juga	也
janji	約（有對象）	Julia	人名
jas	西裝	jumpa	見面

 K

kabar	消息	Kalibata	區域名稱
kadang-kadang	偶爾	kalimat	句子
kado	禮物	kalung	項鍊
kafe	咖啡廳	kamar	房間
kakak	哥哥／姊姊	kamera	相機
kaki	腳	kami	我們
kalau	如果	kamu	你
kali	次	kanan	右
kalian	你們	kantor	辦公室

Kaohsiung	高雄	kerjasama	合作
kapan	何時	kertas	紙
karena	因為	keuangan	財務
kartu	卡	Kintari	人名
karyawan	員工	kipas	風扇
kasih	給	kira-kira	大約
ke	去	kiri	左
keadaan	情況	kirim	寄
keamanan	安全	kita	我們
kecil	小	koki	廚師
kedua	第二	komisaris	董事
kedutaan	大使館	komputer	電腦
kegiatan	活動	kontrak	合約
kelas	班級、階級	kopi	咖啡
kelihatannya	看起來	Korea	韓國
keluar	出門	kos	宿舍
keluarga	家人	kosong	空、零
kemudian	然後	kota	城市
kenaikan	提高	kotak	盒子
kepada	給	kotor	骯髒
kepala	頭	kredit	分期
keperluan	需求（N）	kuasa	權力
keras	硬	kunci	鑰匙、鎖
keren	帥氣	kunjungan	拜訪
kerja	工作	Kusuma	人名

L

lagi	再	lemari	櫃子
lama	久	lembur	加班
lambat	慢	lengan	手臂
lampu	電燈	letak	座落
lancar	順利	lewat	過
langsung	直接	lift	電梯
lantai	地板、樓層	lihat	看
lapor	報告（V）	lorong	走廊
laporan	報告（N）	lumayan	不錯
laptop	手提電腦	lupa	忘記
laris	熱售	lurus	直
layar	螢幕	lusa	後天
lebih	比較		

 M

maaf	不好意思	makanan	食物
macet	塞車	makasih	謝謝
mahal	昂貴	makmur	富裕
mainan	玩具	maksud	意思
maka	所以	mal	百貨
makan	吃	malam	晚上

Malaysia	馬來西亞	menarik	有趣
mana	哪裡	mendapatkan	得到
manager	經理	mengenai	有關
mancanegara	國際	menggunakan	用
mandi	洗澡	menghadiahkan	送
manusia	人	menghadiri	出席
marah	生氣、罵	mengkoordinasi	協調
masa？	真的嗎？	menit	分鐘
masakan	料理	menjalankan	運行
masalah	問題	menyelesaikan	解決
master	碩士、專業	menyusul	跟上
masuk	進	merah	紅
matahari	太陽	merek	品牌
mau	要	mereka	他們
mawar	玫瑰花	meresmikan	落成／開幕
melakukan	做（事）	merokok	抽菸
melati	茉莉花	mes	宿舍
melatih	訓練	mesin	機器
meluncurkan	推出	mi	麵
member	會員	minta	要
membuat	做（具體）	minum	喝
memimpin	帶領	mobil	汽車
memperkerjakan	雇用	modal	成本
menantang	挑戰	model	樣本

motor	機車	mulai	開始
MRT	捷運	mungkin	可能
mudah	容易	murah	便宜
muka	臉、前面	mutiara	珍珠

 N

naik	上、搭乘	nomor (no.)	號碼
nama	姓名	notaris	代書
nanti	待會兒	numpang	借住
negara	國家		

 O

obat	藥	oleh-oleh	伴手禮
ok	好	optik	眼鏡行
olahraga	運動	orang	人

 P

pabrik	工廠	pagi	早
pacar	男 / 女朋友	paham	理解
pada	在（時間）	pajak	稅務

Pak	先生	penuh	滿
pakai	穿、用、戴	perawat	護士
pakaian	衣服	perbedaan	差異
paket	套餐	perempatan	十字路口
pameran	展覽	perencanaan	計畫（N）
panjang	長	pergi	去
parsel	禮盒	perhiasan	飾品
pasang	安裝	periksa	檢查
pasti	一定	peringatan	紀念
pekerjaan	工作（N）	perjalanan	路程
pel	拖地	perkantoran	辦公大樓
pelanggan	客戶	perkiraan	估計
pelaporan	申報（N）	perlu	需要
pelayan	服務生	permintaan	要求
peluncuran	推出（N）	permisi	不好意思
pemasaran	業務	pernikahan	婚禮
pembangunan	建設	persen	百分比
pembayara	支付（N）	perseroan	公司
pembukaan	致詞	personalia	人事
pendaftaran	報名	pertama	第一
pendapatan	收入	pertanian	農業
penerbangan	飛航	pertemuan	會議
penjualan	銷售（N）	pertengahan	中
penting	重要	perusahaan	公司

pesan	訊息、訂	pos	崗位、郵局
pesawat	飛機	presentasi	發表
petani	農夫	pribadi	私人
peternak	畜牧人	print	列印
peternakan	牧場	produk	產品
PIN	密碼	produksi	生產
pinjaman	借（N）	proyek	工程
pintu	門	proyektor	投影機
PO	訂單	pulang	回家
polantas	交通警察	punya	擁有
polisi	警察	putar	轉
porsi	份		

 R

Ringkas	人名	resepsionis	前櫃（招待員）
rajin	勤勞	resmi	正式
rapat	開會	restoran	餐廳
raya	大	ruang	空間
rekan	夥伴	rumah	房子
rencana	計畫（V）		

S

sabun	肥皂	segelas	一杯
sakit	生病、痛	sekali	很、一次
salah	錯	sekalian	一起
sama-sama	不客氣	sekarang	現在
sambung	連接	sekitar	大約、周邊
sampai	到	sekolah	學校、唸書
sampaikan	轉告	sekretaris	秘書
sana	那邊	selama	長達
sangat	很	selamat	安全、祝賀詞
santai	輕鬆	selatan	南
sarapan	早餐	selesai	結束
satpam	警衛	semangat	精神
saya	我	seminar	研討會
SDM	人力	semua	所有
sebagai	當	sendiri	自己
sebelah	旁邊	sensitif	敏感
sebelum	之前	sepakat	同意
sebentar	一下下、一會兒	sepatu	鞋子
seberang	對面	sering	經常
sebuah	一個	sesuai	符合
sebut	說	setelah	之後
sedang	正在、中等	setengah	一半
segala	一切	setiap	每

siang	中午	stan	攤位
siap	準備好	standar	標準
siapa	誰	sudah	已經
sibuk	忙	Sudirman	人名
silakan	請	sukses	成功
sini	這裡	suku	種族
Siska	人名	suku cadang	部件
sore	下午	Surabaya	泗水
staf	職員	suruh	叫（V）

 T

tabungan	存款	telah	已經
tahunan	年度	telepon	電話、打電話
Taiwan	台灣	teller	出納員
tandatangan	簽名	teman	朋友
tangan	手	tempat	地點、地方
tangga	樓梯	tentang	關於
tanggal	日／號	tentu	當然
tanggungjawab	責任	tepat	準確
taruh	放置	terakhir	最後
tas	包包	terang	亮
tegang	緊張	terima	收
tekan	按	terkenal	有名、著名

terlalu	太	tinggal	住、剩下
terlambat	遲到	tinggi	高
terletak	座落	toko	商店
tersebut	以上所述	tol	高速公路
tertarik	被吸引	tolong	請、麻煩
tetapi	但是	tombol	按鈕
TETO	駐印尼台灣辦事處	triwulan	三個月
tiba	抵達	tugas	工作／責任
tidak	不	tukang	……匠
tidur	睡覺	tunggu	等
tiket	票	turis	觀光客

 U

ulang	重複	universitas	大學
ulang tahun	生日	untuk	給
undur	延後		

 V

visa	簽證		

135

W

waktu	時間、⋯⋯的時候	wisata	觀光
warna	顏色		

 Y

ya	是	yang	的
yakin	確定		

國家圖書館出版品預行編目資料

初級經貿印尼語／魏愛妮著. ——初版. ——
臺北市：五南，2018.08
　　面；　公分
ISBN 978-957-11-9848-4（平裝）

1.印尼語　2.讀本

803.9118　　　　　　　　　107012543

1X5Q

初級經貿印尼語

作　　　者 —	魏愛妮（406.6）
發 行 人 —	楊榮川
總 經 理 —	楊士清
副總編輯 —	黃文瓊
責任編輯 —	吳雨潔
封面設計 —	姚孝慈
出 版 者 —	五南圖書出版股份有限公司
地　　　址：	106台北市大安區和平東路二段339號4樓
電　　　話：	(02)2705-5066　　傳　真：(02)2706-6100
網　　　址：	http://www.wunan.com.tw
電子郵件：	wunan@wunan.com.tw
劃撥帳號：	01068953
戶　　　名：	五南圖書出版股份有限公司

法律顧問　林勝安律師事務所　林勝安律師

出版日期　2018年8月初版一刷

定　　　價　新臺幣320元